値日追書生

文 王文華 圖 張睿洋

作者序

負責任的駐館值日生

每個人有自己的責任，自己把自己的事做好，才不必麻煩別人。像值日生要抬便當、擦黑板、關門窗；我是作家，負責生產好聽的故事。

翻開本書的你，可能是個家長，你得讓家溫暖，讓孩子期待回家。當然，你也可能是個孩子，你也有你的責任：把書讀好，把你該做的家事做完（例如倒垃圾、刷馬桶）。

在這個故事裡，有個孩子名叫「崔書」，崔書是個值日追書生。他在大地震來的前一天，因為有書逾期未還，被迫擔任值日追書生。

這世界就是這麼一回事，每個人都有每個人的責任；因為太多人沒還書，就必須有個人把書追回來——這是崔書的責任。也是我的責任。

我本來不必負起這個責任的。話說搬到埔里住了幾年後，附近的圖書館館長突發奇想，想找我當駐館作家。

「只當一年，像值日生一樣。」她用一種很卡哇伊的口吻說：「很好玩的。」

我可沒那麼容易上當。論資歷，我不夠；論作品，沒幾部；再者說了，埔里藝文風氣盛，歷屆作家都會畫畫吹吹彈彈。我什麼都不會，「沒資格啦！」

我拒絕得理所當然，裝作沒看見館長的捲髮因為生氣而著火。

「你當駐館作家，不必上臺畫畫彈吉他。」她說得咬牙切齒。

「絕不！」我趕緊拿桶水，澆在館長的頭上。

沒多久，輪到館長有機會「報答」我送她的那桶水。

臺北市博愛國小的故事屋落成了。為了慶祝故事屋落成，學校的故事媽媽選我的《烏龍路隊長》做開幕戲劇首演，並邀我北上欣賞。故事媽媽戲演得很好，我在臺下看得很激動：「臺北孩子好幸福，有這麼棒的戲可以看……如果這部戲來埔里演呢？」

我是個想法待不了腦袋、嘴巴又管不住想法的人。

「你們願意到埔里演出嗎？」我試著發出邀請。

博愛的故事媽媽當場答應，還廣邀其他家長同行。

「王老師，我們租了遊覽車就要出發了，你快把場地準備好。」

「太好了。」我表面高興，心裡發愁。上哪兒演呀？總不能站在埔里酒廠大門口公演吧？故事媽媽們一定很怕晒，而也要有舒服的場地，小朋友們才能感受戲劇的張力呀。我得找個有冷氣、有沙發、有燈光控制的好場地呀。

左思右想，想起圖書館有場地，我立刻飛奔去找館長。館長的頭髮又長得更長了，燙得更捲了。而且她大人記得小人過：「可以呀，如果你肯來當駐館作家的話。」

怪來怪去，都怪自己大嘴巴；想來想去，好像真的逃不掉。我就這樣成了埔里圖書館第五屆駐館作家。

當駐館作家，該拿什麼來駐館呢？問題又回原點：我不會樂器，不能站在圖書館門口演奏音樂迎嘉賓；我不會畫畫，不然就把圖書館外牆全部彩繪；還有，我也不會做冰棒，不然，送進圖書館的小朋友每人一支冰棒該有多好？

好啦，想來想去，寫個故事送給圖書館好了——至少這是我拿手的事，把它送給大家。

請翻開後面那一頁，開始跟崔書去找書吧！

對了，讀到這裡，你別忘了把書看完；再怎麼說，「把書讀完」也成了你現在的責任喔！

目錄

之一 崔書

崔書慘了。

圖書館前的樟樹上，成群的知了都在笑他：「慘了！你慘了！」

「我知道……」

崔書嘆了一口氣，低頭繼續走，沒注意到十八隻青蛙在搬家，因為他突然的出現，拖著碗櫃的青蛙隊伍停了下來，讓他先走。

崔書也沒發覺：今天好多螞蟻在搬蛋，成排成排，浩浩蕩蕩。

平時他會停下來觀察這種異象，但這會兒，他只擔心一本書。

＊＊＊

圖書館裡有個高高的櫃檯，檯子後方滿頭捲捲白髮的館長問：

「崔書，來還書呀？」

「是……是呀！」崔書不安的遞上《歡迎光臨勇敢號》和《海洋薔薇童話集》。本來該還三本書，可是第三本……崔書祈禱館長沒發現少了一本書。

通常是這樣，好的不靈壞的靈。

「還少一本喲！」老館長的食指搖了搖。

「我……我……」崔書的頭很大，細細的眼裡含著淚水。那本《滷肉張飛奇遇記》彷彿就在眼前，他記得很清楚。《滷肉張飛奇遇記》的封面是用水墨勾出一個裝滿滷肉的大碗；雖然只是黑白線條的圖畫，卻畫得很逼真。那封面只要看上一眼，似乎就能看到滷肉透著油光，白飯飄出香氣——說到香氣，崔書還真的聞到加了蒜末、青蔥與滷肉燒煮出來的味道。

真香啊……

所以，崔書想也沒想，立刻把書抓在手裡，興沖沖的借了書，出了大門，迫不及待的在樟樹下把書翻開：

滷肉張飛不是三國時代的將軍，他是很會做菜的廚師，臉黑眼睛大；最特別的是他的鼻子，只要是好吃的菜，再遠他都聞得到。

滷肉張飛有門好手藝，他滷的滷肉特別香。沙漠來的阿拉伯王子聞香下馬，邀他去巴西雨林旅行，路上會經過重重危險……

崔書才讀了兩頁，滷肉張飛都還沒出發去雨林呢，他就聽到一陣咕嚕咕嚕的聲音。他抬起頭，發現一個滿臉鬍鬚的流浪漢盯著那本書，口水一滴滴落到地上。

崔書好心的提醒他：「叔叔，這是書喔，不能吃。」

「答。」

崔書好像聽見流浪漢的口水滴到地上的聲音。

在他反應過來之前，那本《滷肉張飛奇遇記》已經被搶走了。

＊＊＊

館長不相信：「一個很愛閱讀的流浪漢？」

「不是，他是邊跑邊啃那本書。」

那天，崔書從圖書館追到游泳池，再從游泳池追到媽祖廟。流浪漢終於停在媽祖廟前的廣場。一見機不可失，崔書悄悄的從後頭繞過去，伸手想把沾滿口水的書給搶回來。就在他快抓到書時，一尊媽祖神像從半空中掉到流浪漢面前，流浪漢嚇得把書一拋，拔腿就跑。

館長哈哈大笑：「你是說，媽祖婆也來搶書？」

崔書用力點點頭，是真的。

媽祖廟那天很熱鬧，一隊進香團來了；前面千里眼，後頭順風耳，壓陣的是八人抬的神轎。劈里啪啦，一旁的鞭炮放得好響。神轎被抬得搖搖晃晃，眼看快進廟門了，晃呀晃呀，轎子晃得太大力了，媽祖婆有點兒暈「轎」，就這麼從轎內往外飛成一道拋物線，掉在流浪漢面前。

不知情的信徒們立刻跪下朝拜，他們說是媽祖娘顯靈，小城絕對要發生大事了！

「書呢？」館長的嘴緊閉成一條最短的直線。

那天，成千上百的信徒和千里眼的大神尪仔都在追著媽祖神像跑，崔書也在追——他追書。

那本書也從流浪漢的手裡呈拋物線飛起來，飛過順風耳，掉到媽祖神轎下；抬轎子的叔叔們大腳一踢，那書被踢到了水溝邊。

崔書趕過去，正想彎腰撿起來，不知從哪裡鑽出一隻白底黑點的大狗，衝過來咬走書。

館長忍不住笑了：「又多了一隻狗？」

崔書點點頭。

崔書怕狗。

但是他的書在狗的嘴裡，崔書只能遠遠的跟著那隻狗。跟呀跟呀，他看見空中幾十隻烏鴉叫，地上好多條蛇在爬，好可怕，感覺就是大事不妙。

崔書一時看傻了，等他想起自己的責任，狗已經不見了。

館長沒好氣的問：「最後，那本書不見了，被狗帶去讀了？」

「所以我拿零用錢來賠！」

「崔書，你借了書，就有責任要保護它。責任，不是用錢能解決的。孩子，你得把它找回來呀！」

「狗咬走……」

館長拍拍他的頭：「書不是骨頭，狗不會想吃，牠一定會把書丟了。我相信，你只要認真的去找，總有一天能把那本書找回來，好不好？」

崔書擦擦眼淚：「好！」

那句「好」字才出口，天空恰好響起一聲雷，乾乾的悶悶的，就在虎頭山邊。

「從今天起，你就是我們的值日追書生，責任直到你把書找回來為止。」

伴隨著館長的話，天空再打一次雷；這回聲音更響了，滿天烏鴉亂飛，地上青蛙亂叫——那是震前年代，一個男孩的誓約，簡單乾脆。

從那天之後，世界被地震給震成了兩半；過去叫震前，以後叫重生。

之二　怪怪圖書館

新落成的山城圖書館被樹林圍繞。上百年的老樟樹隨風搖曳，婆娑之中，蟲鳴鳥唱，歌頌著重生的時代。

新圖書館，其實有點怪。球形放映室播放 3D 立體電影時，中間常會自行穿插黑白卡通片。工作人員熱情大方，可是小讀者有時也會遇到比岩石還嚴肅的服務人員。

書報雜誌區在一樓大廳，偶爾也會出現在室外樟樹林裡，想找到它，只能靠運氣。如果想借書，書庫最精采；可以搭電梯去書庫，但電梯常會躲起來，只剩繩梯讓讀者攀爬。

「這太過分了。」大人們揉著雙手嚷著不來了。

成群的小孩卻樂得用繩梯爬上爬下。

捲捲髮館長維持秩序：「好了好了，左上右下，一人一天只能玩三遍。」

「太好玩了，我天天都要來。」孩子們笑著說。

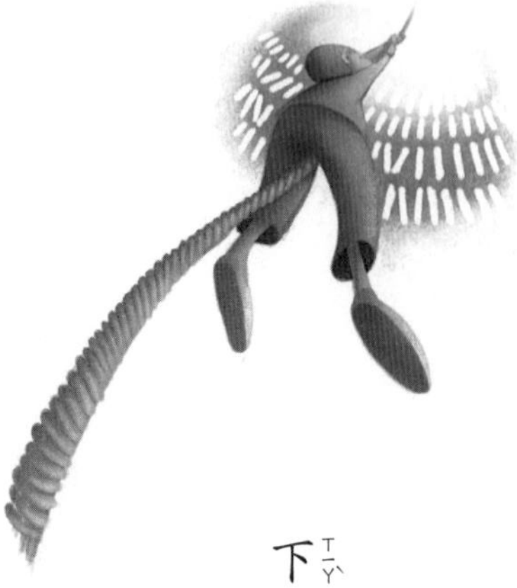

這真是一間怪怪圖書館，去過的人都這麼說。

建築師被找來了，他拿著設計圖上上下下走了十幾遍：「房子很正常呀！」

施工的工人前前後後檢查，他們敲開幾塊磁磚，翻翻圖書館的瓦片：「我們蓋得很好呀！」

小朋友也都來了。他們裡裡外外跑了一圈又一圈，最後異口同聲的宣布：「我們就是要這樣的圖書館，很有趣呀！」

像是為了慶祝這個結果，圖書館大門臨時決定消失。

沒有大門要怎麼借還書？

好多好多小朋友聚在圖書館前面，他們本來站著，後來變成蹲著，最後大家像是約好了，一個個躺在軟軟的草地上，看著圖書館上空的白雲飄啊飄。

突然，有個孩子發現，在樟樹枝椏間有什麼東西紅紅的。

「是大門。」

「館長，大門找到了。」好多孩子喊。

「真會躲啊。」館長爬上樟樹，苦口婆心的把大門勸下來。

記者們聽到有間這麼有趣的圖書館，立刻帶著攝影機來。

可惜，攝影機裡的圖書館很正常，大門不會跑去玩捉迷藏；蚊子也很正常，牠們在記者小姐雪白的小腿上，留下幾點正常的紅豆印記。

「愣嚴宮」神童團、「上下皆空」法師，與「啥咪攏不驚」神父也來了。

法師說：「我們會幫你們想辦法，讓這間圖書館變正常。」

他們組成真相調查團，把羅盤、洋蔥與十字架全送進了圖書館。

山城圖書館內藏書如海，館內的書架更像迷宮般，等他們找到路出來，連信仰最堅定的信徒大嬸都已經回家煮宵夜了。

這到底是怎麼回事？

如果你問山城的居民，大家都是笑一笑：「有嗎？你是發燒了，還是撞邪了？怎麼會有這種事？」

他們說得那麼堅決，發問的人都不好意思，只好摸摸鼻子回家去，絕口不再提這間圖書館的怪事。

只有月光清楚。

如果你在月亮最圓的夜晚來山城；如果你走進這座覆滿百年樟樹的林子；那時，你會看見，清冷銀白的月光，柔和的照在山城圖書館每個角落，那時，這裡像座水晶宮殿。

只有細心的人才會發現，夜晚的圖書館跟白天不一樣：五層樓

高的圖書館消失了，沉默月光下的圖書館只有三層；靠著街道的玻璃窗，通體散發淡淡的牙白光芒。走近建築物，還有淡淡的書香隨風飄過來。

山城的人會樂於告訴你：

「這是我們的圖書館，是震前時代那一個。」

之三　賴不還

老圖書館十年前被地震帶走，卻隨著新館落成回來了。

兩個圖書館從此分不開，簡直像是兩塊彩繪玻璃重疊在一起。

想看老圖書館，請在月亮最圓的夜晚來。黑暗魔法將新館完全遮去，銀白的月光照出銀色光束，清晰的把老館凸顯出來。

老館書庫不大，書架跟天花板一樣高；幾扇玻璃窗引進安靜的月光；走起路來嘎嘎作響的木造地板，曾是山城人們共同的回憶。

白天，新館躍出、老館暫時消失，日間偶爾重疊，卻又相映得那麼自然，彷彿世界上的圖書館都該這麼設計。

常有讀者從新館逛進老館，逛呀逛呀，不知不覺消磨了一整個下午——當然，他們走時，絕不敢拿走老館的任何一本書。

但也有不知輕重的孩子想把老館的書借回家，例如一本《格林兄弟大戰安徒生神話》。

捲捲髮館長把書壓著，低聲說：「不外借。」

孩子抓著書不放：「我就想借。」

館長用力將書搶走：「如果你不能按時歸還，你要讓值日追書生追進你每一天的夢裡嗎？」

「我……」小孩還在考慮，一旁的媽媽連忙把孩子拖走。

媽咪們知道一件公開的祕密：曾經有個名叫賴不還的小朋友借了書卻掉了書，後來連做三個月惡夢，不管是收驚、拜拜、喝符水都沒用。直到他找回一百本書，才恢復正常。

也許你要問值日追書生的事？

「值日追書生」是老館長獨創的制度。

有一陣子圖書館老是掉書。

「罰錢也不是辦法，會掉書的孩子就是沒有責任感！」

於是，老圖書館第一百條館規被公布了：

「即日起，只要有人借了書不還，就得擔任『值日追書生』，幫圖書館追回一百本被弄丟的書為止。」

配合新館規，因此多加了值日追書生的制度。

找自己掉的書已經很難了，還要找別人掉的書，真是太難了。

所以，值日追書生的制度一設立，老館的還書量大增，前前後後也只出現過三位追書生。

第一位值日追書生，就是賴不還。

「以前的人，為什麼不必把書找回來？」賴不還很不甘心。

老館長給他一張清單，詳細列滿他負責追回的一百本書：「以前是以前，現在是現在。噹噹噹噹，恭喜你榮登一號值日追書生，趕快去找書！」

賴不還轉身就把書單丟到垃圾筒裡。

「找書？做夢！」他叫賴不還，賴定了不想還。

沒想到，那天學校午休，賴不還趴在桌子上睡午覺，睡呀睡呀，突然被一陣哭聲嚇醒。

「燙燙燙，燙死了；暗暗暗，暗斃了。你怎麼還不來救我呀？」

賴不還睜開眼睛，同學都在呼呼大睡，到底是誰在對他惡作劇？他想再睡，哭聲又起，這回又尖又細，直對著他說：「賴不還，來救我呀——」

「是！」迷迷糊糊的賴不還站起來，失神落魄的碰倒桌子，驚醒全班。在同學驚訝的眼光中，他打開飲水機，拎出一本溼淋淋的《北極星號冒險王》。

那本書，不知道誰借的，也不知道被丟進飲水機多久了。

但是就那麼幸運，它成了賴不還追回的第一本書。

有了第一本，還得找其他九十九本。

從那天起，不管是垃圾堆、臭水溝、布滿灰塵的倉庫和陰暗恐怖的墳場，都可以看到賴不還悽悽惶惶、悲悲慘慘追著書跑的身影。

等賴不還把書找齊，已經過了三個月。

之四　三號追書生

二號追書生，是個國中生。

國中生整天被考試纏身，但張可喜不愛讀書，成績當然不好。

然而那一天，張可喜和同學去圖書館，別人努力看書，他閒到發慌，在老館的書庫裡逛呀逛；就是這麼巧，那天太陽亮得剛剛好，天窗外射入一道光，恰恰照進書架第四層左邊數來第十七本《無敵考試王之絕對滿分祕訣》。

書背上的字體燙了金，亮晶晶、閃燦燦，空中還有細小的金蛾飛舞。

張可喜的手指接觸到書，指尖立刻傳來一股電流，感覺喜孜孜、樂悠悠。張可喜的信心滿載，希望值破表。

毫不考慮，張可喜立刻把書借回家。

後來的一切，成了山城國中的一則傳說：

那天晚上，月光昏暗，屬於狼人不願現身的亮度等級。張可喜用一種朝聖的心情把書翻開，這一看就看了一整夜。隔天的模擬考試，彷彿滿天神佛來相助；張可喜看著考卷，啊哈，卷子上的題目自動判別，答案自己浮現。成績公布時，他的排名就像搭著火箭往上升，一躍躍到全校第三。

張可喜的成績一向都在三百名外徘徊，這回實在是太厲害了。老師懷疑他作弊，聯合訓導、教務、總務和廁所服務處來個四處大會審。

「說，你的成績從哪偷來的？」

新來的訓導主任把皮鞭往空中一抽，「啪」的好大一聲。

「坐你四周的人，成績都沒有你的一半。你老實招了吧，是不是補習班的人洩題，用手機打暗號給你？」

主任的皮鞭的震撼力太強了，張可喜立刻把那本書的祕密招了出來。

說來也是可憐，今年訓導主任的孩子也要考高中了，他毫不猶豫的要張可喜把書交出來。

等訓導主任的孩子看完，這書立刻又傳給了教務主任的孫子。然後那個幸運的孫子又把書借給隔壁班老師的孩子的同學，這本書就這樣轉來輪去，從這校旅行到別校，又從這縣流浪到他市。

還書日期延了三次後，聽說《無敵考試王之絕對滿分祕訣》流落到某個小島，島上交通不便，連電報也沒有。

想把書要回來，根本沒有辦法。

歸還日遙遙無期，張可喜愁眉苦臉。老館長鐵面無私，要他擔任值日追書生。

「包括『無敵考試王……』？」他惶恐的問。

「對啦，就是那一本！」館長說得稀鬆平常，像是要他去巷口買份山城最有名的阿菊肉圓般。

賴不還追的一百本書，大多比較容易找。

張可喜追的書，年代更早，困難度自然也提高了，他經常要跑到別的鄉鎮去找書。

追啊追啊，等張可喜的同學讀完高中，升上大學，甚至有人大學畢業回來山城賣臭豆腐和照燒雞排，張可喜這才完成他的工作，重拾書本去考基測。

有賴不還和張可喜悲慘的教訓，山城的小孩再也不敢欠書不還，最多最多逾期幾天，絕對會把書拿回圖書館。

當然，也許你還記得崔書，對，就是那個頭大大的，四肢細細長長的崔書。他在地震當天，正式成為三號值日追書生。

地震那一晚，崔書家那條巷子災情慘重；他們家那棟兩層的小樓房倒了，妹妹的小貓跑了，他的頭也被壓扁扁。

就在他跟著家人要升上天堂時，捲捲髮老館長拉住他的腳。

館長說：「崔書啊，你的責任還未了，天堂暫時去不了。」

「可是我死了……」

「但是你的書沒還呀！」

望著爸媽和妹妹愈飛愈高的身影，崔書細細的眼睛，流下大顆大顆的眼淚。

崔書透明的身子裡，淚水像小河一樣流呀流。

「哥哥，」妹妹回頭望著他，「你還不來嗎？」

「妹妹，等等我。」崔書轉頭跟老館長說：「我想要跟他們在一起！」

老館長頭上的光圈閃了閃：「孩子呀，這就叫做責任。你看，我也想上天堂，但是我的書被你弄丟了，我有責任找回書；只是呢，這書是你弄丟的，你把書找回來後，你就可以上天堂，我和老圖書館也能上天堂。我們同登天堂，變成神仙，豈不快哉？」

老館長說到這兒，眼睛發出光芒：「等到那天，咱們在天堂上開間圖書館，怎麼樣？」

天堂圖書館？崔書的腦筋一時轉不過來：「這……」

老館長笑瞇瞇的補充：「對了，地震時一片混亂，很多書被人借了，也被房子壓住了。這些書都要麻煩你去追回來。」

崔書的淚水立刻喊了聲「stop」。

「你是說，不止一百本？」

「總數應該超過一千，但不會到達一萬，老館藏書沒那麼多。」

「一萬？」

「追書很好玩，你看嘛，書裡有故事，讀的時候也會有想法變成故事，對不對？再說了，你追書的過程就是一個故事，說不定有一天，哪個作家就把你追書的故事寫下來，就像個連環扣，多好啊。」

他看看崔書。「了解了嗎？」

「這是繞口令？」崔書搖搖頭，他不了。

別忘了，他只是個還沒讀完五年級、頭被房子壓扁扁的小鬼；他哪懂什麼故事的由來，什麼故事用鐵環扣成一團？

他唯一知道的是：不管去多麼遙遠的地方，花多久的時間，他都必須找回很多書。連在地震時不見了的書，都是他的事。

「但是，那些被地震壓扁、沒來得及還書的人，你怎麼不找他們要呢？」崔書忍不住說：「你為什麼只找我？」

老館長的眼睛瞇了起來：「不好意思，誰叫你是三號值日追書生呢？」

那意思就是……「算你倒楣」吧？

一想到這裡，崔書抬頭看看天上，爸爸媽媽都不見蹤影了，一隻紅色的拖鞋從天空掉下來。

是妹妹的。

之五　崔書找書

「風之狼，停下來！」

黑漆漆的森林，崔書跑得口乾舌燥。

好幾次，崔書都快追上風之狼了，這隻狡猾的狼卻靈活的閃過他，一閃二躲，撞倒三隻正在蓋房子的小豬；三溜四逃，七隻剛學會說話的小羊被狼撞翻。

「沒沒沒，沒道理！」小羊拉著崔書的手，要他主持公道。

「好好好，你們別急，等我追到牠，再跟牠講道理。」

小羊滿意了。

風之狼跑遠了。

崔書加快腳步，希望牠別跑出森林。

當值日生要找不少書，不過，大半的書都是因為讀者忘了歸還日期、忘了把書塞在哪裡；簡單的說，就是忘了書。

讀者忘了書，但書不會忘了自己。

一走近書，寂寞的書會發出聲音；只要細細的聽，其實誰都聽得到。

流浪漢當枕頭的書、市場小販包魚的書，都屬於這一類，被崔書歸於找書困難指數二以下。

難度二至五的書，與那次大地震脫不了關係。很多書被埋在廢棄物裡，找它們的困難度指數與大海撈針同等級。

但對崔書來說，這也簡單。

他的身子是透明的，再深再小的縫隙，他也能鑽進去，把書撈出來。

最幸運的一次，他在一棟被震垮的公寓裡，找到七十八本書。

那真是一棟愛書人的公寓，人人都愛讀書。

酒廠的酒甕牆下也有好多書；造紙廠的辦公室裡，十幾本書被困在鐵櫥裡。

在殘磚破瓦裡搜尋，很容易找到它們。不到三個月的時間，崔書把大部分的書都找回來了。

剩下的書，難度就更高了；例如風之狼借走的書，就屬於難度指數十。

先是風之狼悄悄搬了家。這不能怪牠，地震後，百業蕭條，經濟不好，山城的羊都被緊緊看管著，少一隻也是莫大的損失。即使住在高山的綿羊，也全被指定為剪羊毛秀的嘉賓了呢。

風之狼抓不到羊，牠又不想餓肚子，最好的辦法就是搬家；前後一共搬了六次家，最後搬到外蒙古草原去。

崔書跟著風之狼遺留的氣味，好不容易找到牠。

崔書還有一項特異功能，是他自己無意中發現的。有一天，他想撿回一本掉到山谷裡的書，腳都還沒爬下去，手已經伸長把書撿回來。

「手會變長？」崔書驚訝到下巴都掉下來。

崔書的手能伸多長呢？他還沒測量出來。

目前最長的紀錄是伸到天上把雲推開，好讓月光照下來。

「就像如意金箍棒，伸縮自如，說不定還能繞地球一圈呢！」一想到這裡，崔書就很想試試，看看他的手能不能真的繞著地球。不過，他怕手伸出去，最後捲不回來；或是捲回來卻縮不成原來的樣子，變成一大團拉麵手。

總之，崔書有一雙想長就長的手，所以追不到風之狼他也不急；直

到他跑累了，就把手當成釣魚竿伸出去，一把將書搶回來。

風之狼大聲抗議：「不公平、不公平。你下來跟我跑步，跑贏了，書才還你。」

崔書的身子輕，騰空飛翔很容易，但是和狼賽跑？

「有何不可？」他把書還給狼，狼立刻跑得和風一樣快。

據那天在西伯利亞牧羊的小孩說，他看見一隻狼像風一樣的經過，他才剛喊完「狼來了」，狼已經不見了。

村子裡趕來幫忙的大人都很生氣：「你這孩子別說謊，明明沒有大野狼。」

農夫也氣呼呼的說：「是呀、是呀，我把農活都放下來，想幫忙趕狼呢！」

這些大人只忙著教訓那個牧羊的孩子，卻沒有人注意到，遠遠的地方，除了有一頭狼在跑，後頭還有一道淡如白煙的人影——那是崔書。

崔書跑得太快，想幫牧羊的孩子說幾句話；可是等他完全停住時，人已經進入德國的黑森林，還跑進一棟木屋裡。木屋裡火光搖曳，裡頭有張大床，鬆軟的棉被溫暖得讓人心安。崔書忘了他的責任，竟然戴起睡帽，跳上床，鑽進棉被。難道他想睡覺？

他剛躺好，砰砰砰，外頭有人敲門。

「門沒關，自己進來。」崔書說。

挾著風雪進來的是風之狼。風之狼滴著口水掀開棉被：「呵呵呵，我來吃你啦。」

「大野狼，你來啦。」

風之狼很有警覺心：「老奶奶，你今天的眼睛怎麼這麼亮？」

「這樣才能把你看清楚啊。」

「你的聲音怎麼這麼細？」

「細細的聲音說話才好聽啊。」

風之狼拉起老奶奶的手，咦，她的手又細又嫩：「你的手怎麼不皺了，簡直就像那個……」

「風之狼，把書還來。」唉呀，床上躺的是崔書嘛。

「這真是不公平！」大野狼指著書裡的故事說：「床上應該要有

老奶奶呀？」

崔書把書拿過來，是《格林童話——聰明的大野狼》。

「老奶奶去看小紅帽了。你乖乖回森林裡當大野狼，過幾天再回來找她們吧。」

之六　蘿蔔皮、魚尾巴和鈴鐺

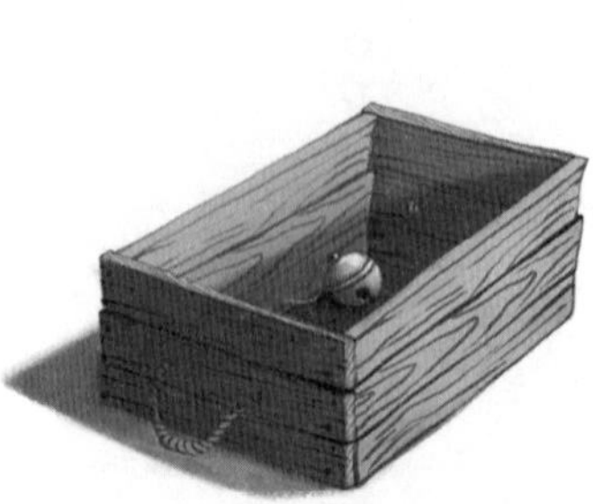

清單倒數第二本書，要從一隻流浪貓——老貓說起。每隻流浪貓都有一段傷心的往事，它可能跟溫馨、遺棄或背叛有關。

當時，老貓還叫做小咪，有一身發亮的黃毛。老貓的小咪時期住在兩層的小樓裡，有溫暖的牛奶，新鮮的貓食。陽臺外，可以看得很遠；例如虎頭山，還有更遠的鯉魚潭。

小主人是個小女孩，每天用溫柔的小手撫摸小咪的下巴；小咪撒個嬌，發出咪嗚的聲音，小女孩會把手上的餅乾遞給牠。

午後的陽光，鬆軟的沙發，安靜的書房，那段時光叫做幸福。

幸福在一個搖來晃去的晚上後，消失了。

小咪帶著滿身灰泥從碎石磚瓦裡鑽出來。牠很快學會翻垃圾桶與打架；往日回憶，只剩下《不敗貓咪飼養全集》——那是一本書，是老貓從小樓裡拖出來的。

封面被倒塌的木頭刮出痕跡，卻無損它在老貓心裡的地位。

老貓很快就適應流浪的歲月。

牠戰鬥，像英勇的武士般打鬥；牠覓食，靈敏的嗅覺讓牠在破碎的城裡生存；牠也逃生，遇到比牠強的對手，牠會先躲過，再伺機反擊。

偶爾，在寂寞的夜裡，堅強的老貓會翻開書：

貓咪是愛玩也會玩的動物，可準備小皮球或逗貓棒給貓咪玩。當然，您也可以買一塊磨爪板供愛貓磨爪子。看貓咪磨爪子，是很有趣的活動。

小主人沒買磨爪板，但是，小咪獨享一顆小皮球。

看著書上的圖片，往事一幕幕回來：

小主人拍球，牠在四周跳著。球在地上骨溜溜的滾，小咪追哇追，小主人拍著手；小木屋裡響起一陣又一陣輕快的笑聲……

寂寞寒冷的冬雨夜晚，書把老貓帶回從前，書擁有這樣的魔力。

「不！」老貓闔起書，擦掉淚。對流浪貓來說，回憶太奢侈。

曾經，書被牠藏在荒草地的某個木箱裡。每天晚上，老貓臥在木箱上，像守著一個天大的祕密。

崔書終於也找到荒草地這裡來，他要來找一隻貓。他妹妹也養過貓，小小的，黃黃的。

不過，他眼前的貓，滿身傷痕和骯髒的黃毛，看起來很可怕。

這不能怪老貓，老貓的感冒剛好，牠剛從北邊垃圾場養病回來。

「找書？」不知道為什麼，老貓覺得這個透明的小孩看起來……很面熟，「妙妙妙，書走了。」

「你說書自己走了？」崔書用一種很不可思議的口氣問。

老貓的肚子很餓。牠不太願意讓崔書知道，近來老鼠好像變聰明了，不好抓。牠最近的食物只剩下垃圾桶裡的殘渣。

「妙呀，就是這麼回事。它消失了，妙不妙？」

崔書發現自己縮小了一點，變得和老貓一樣高。

「總會留下什麼線索吧？」

「妙、妙、妙！」不知道這是讚賞，還是老貓只會這麼說。「你要線索，我送你蘿蔔皮、魚尾巴和鈴鐺，妙不妙？」

「鈴鐺？」

崔書讀過那個可愛的童話故事：

老鼠怕貓，牠們開會討論對策。年老、經驗豐富的智者提出一個辦法：只要在貓的脖子上掛個鈴，貓來時，鈴就會發出警告，叮叮噹噹響。

那是個好主意，執行起來卻困難重重——因為沒有老鼠敢去掛鈴鐺。智者的點子成了泡影，最後又成了童話。

老貓從木箱裡掏出一顆金色的鈴鐺：「書不見那天，它就留在地上。」

那鈴鐺發出脆耳的鈴聲。一根細細的麻繩繫在鈴上。仔細一

看，不是麻繩，是老鼠鬚捻成的細線。

崔書站起來，他逡巡四周，眼光停在緊靠荒草地的菜市場。本來沒有菜市場。那裡原先是一片人煙稠密的街區；地震後樓房全折了，只留下空地，空地又成了菜市場。

菜販削下來的蘿蔔皮、蔬菜葉堆在市場尾，路邊的魚攤留有吳郭魚的腥味。崔書前腳跨進菜市場，就聽到書在呼喚他。

之七　老鼠國

崔書的身體又變小了。

剛才和貓一樣大，現在與老鼠同高，無法控制。崔書走進菜市場，雜貨攤上眾多老鼠居高臨下，冷冷的盯著他。

「你來做什麼？」那群老鼠發出來的聲音，嚇死人的大。

「我……我來找書。」

崔書聞了聞四周。沒錯，百味雜陳外加老鼠體臭的菜市場裡，

隱約可以聞到一本好書的味道。書香，對值日追書生來說，是最容易辨別的氣味。

書也在叫他，聲音很細；可是他聽得出來，咪嗚咪嗚的，是本關於貓的書。

他輕輕一跳，跳上攤子。老鼠有的在罵他，有的朝他撲來。崔書一閃，避過幾隻老鼠；雙腳一蹬，張開雙手，身體像架紙飛機滑翔，越過成群抓狂的老鼠，來到一本書上。

那本書倚在南瓜上，被人攤開了。

一隻胖呼呼的老鼠坐在書頁上，仰著頭打量崔書。

崔書的兩條腿在空中輕輕擺動：「這是圖書館的書。」

「不，這是我們老鼠國的國書，教我們認清敵人的書。」

崔書發現胖老鼠的嘴上沒有鬍鬚。他把鈴鐺拿出來，搖一搖，叮叮噹噹。

胖老鼠輕輕咳了一聲，小老鼠全都停止騷動。

「國王說話了，小聲。」

「噓，別吵。」

崔書問：「原來，你就是那隻去執行掛鈴任務的老鼠？」

胖老鼠拍著圓滾滾的肚子說：「沒錯，我冒著生命危險，幫貓掛了鈴鐺，為老鼠國立了大功，我才能當國王。」

「對對對。」

「國王萬歲。」

「國王最帥了。」

滿場的老鼠狂呼著，胖國王得意的看了看崔書。

崔書笑了笑：「但是，貓咪真的掛了鈴鐺嗎？」

胖老鼠提高聲音：「當然。」

「那你嘴上的鬍鬚呢？是不是被貓抓到，被貓拔掉的？」

「胡說。」胖老鼠生氣了。

崔書不理他，回頭問所有的小老鼠：「你們誰聽過貓咪掛著鈴鐺走來的聲音？」

「聲音？貓一來，誰還敢留下來呀？」

「真的……沒有聽過。」

崔書轉回去，對著胖老鼠說：「你不敢幫貓掛鈴鐺，就去偷老貓的書。」

胖老鼠臉紅了。雜貨攤上響起一片耳語。

「偷？」

「老鼠本來就是小偷呀！」

「他是國王耶，國王怎麼會偷書？」

胖老鼠揮揮手，要大家安靜，不過效果不大，他只好用力搖著鈴鐺。

鈴鐺噹噹響，鈴聲聽起來很吵。

好不容易，老鼠們安靜了。胖老鼠脹紅了臉說：「為了老鼠的生存，這本書的效果比鈴鐺更好。書上教我們了解敵人，例如牠們喜歡在溫暖的地方睡覺，一天要睡十六小時。」

「對。」老鼠們大叫。「貓咪乖乖睡大覺，老鼠賽跑吃水餃。」

「這本書還告訴我們，如果貓在清潔身體，表示牠們心情愉快。

我們就可以大大方方到市場搬點食物回家。」

崔書終於了解老貓抓不到老鼠的原因了。

「這是圖書館的書。」崔書說：「你可以先還書再借出來呀！」

「太麻煩了！」胖老鼠揮了揮手，像是一道命令：六隻小老鼠突然抬起書拚命跑，其他老鼠疊成金字塔，不讓崔書追過去。

崔書用力一蹦，身體飄了起來。眼看他就要追上那本書，突然吹來一陣風，風勢強勁，他在空中被迫轉彎。這都怪他的身子實在太輕了。他看到自己離書愈來愈遠，一回頭，發現那群疊起金字塔的老鼠正鼓著腮幫子，用力的吹氣。

吹吹吹。

吹吹吹。

大風呼呼，崔書愈飄愈遠，眼看六隻小老鼠快把書抬進洞裡了。崔書急忙伸出右手，他的手立刻變長，伸進菜市場，經過老鼠金字塔前。

他的手輕輕往最下層老鼠的胳肢窩一搔——那是一隻最怕癢的老鼠；牠嘴裡喊著「不要不要啦」，身體亂抖，結果，金字塔就從那兒開始垮下，風也停了。

趁著這時，崔書左手輕巧的一伸一彎一勾，就在六隻小老鼠進

洞前的最後一秒鐘，抓到了那本書。

「但是這書……」

崔書覺得他見過這本書，只是，在哪兒呀？

之八　最愛書的狗

接過《不敗貓咪飼養全集》，老館長看著他：「差一本哪！」

那是八月十五中秋夜，月光柔和，小城的天空，都是煙花。

「我記得那本書。」崔書透明的眼睛裡，也有煙花燦爛。

他的記憶裡有樟樹的香氣；流浪漢身上多年沒洗澡的臭味；媽祖廟前鞭炮的煙硝味。

一隻狗咬走那本書，他無法按時歸還，變成值日追書生。

追隨往日記憶，他回到媽祖廟。

廟前的石獅子雖然被地震搖掉半顆頭，不過，他記得那隻狗，而且有一肚子怨氣：「牠只是狗耶，也不想想自己是什麼身分、什麼地位嘛，對不對？看見小學生的故事書、香客包牲禮的報紙，牠跳起來就搶。」

「搶報紙？」

「假裝斯文，你懂不懂？媽祖婆還要我和千里眼、順風耳向牠學習，不要成天只知道打瞌睡。那一切都是假的啦，狗哪看得懂字？」

「你知道牠住哪裡嗎？」

半顆頭石獅子想搖頭，但是搖不動。他是石頭做的嘛。

「那種大丹狗，全城只有一個家族，應該很好找。」

石獅子的建議沒錯。崔書找到睡得正熟的大丹狗，狗屋裡全是骨頭，沒有書。

崔書拉拉牠的耳朵：「你有看見書嗎？」

「排骨酥？」牠剛醒，有點迷糊。「先來兩碗，北門菜市場入口那一攤才香。」

「不是排骨酥，我是說書，十年前被你咬走的書。」

大丹狗真的醒了。牠吞了吞口水：「書不好吃，我幹麼咬它？

我們家只有爺爺才愛書，大家都說大丹家千年難遇愛看書的狗，說的是我爺爺，不是我。」

不過，狗爺爺過世了，只剩下狗奶奶——一隻住在鄉下，優雅的貴賓狗。

鄉下的樹很多，崔書去的時候，霧氣很濃，還有陣陣的桂花香。

「豬？」狗奶奶有點重聽。「鄉下豬很多，要哪一隻自己抓。」

「不是豬，我是說有一本書。」

「喔，書啊！我先生最愛書了。」狗奶奶的話匣子一開，就停不下來。

「和其他那些沒學問的狗比起來，我先生的肚子裡裝的都是墨水。你說你掉了一本書，沒錯，那一定是牠拿走了。」

崔書記得，有一陣子，山城裡流傳過這樣的故事：

幾個小孩放學後把書包放在草地上，就在公園裡打棒球。打到夕陽西下，小孩背起書包才發現變輕了，裡頭的書都不見了。

那陣子，小城的書店也不敢開門。不是這裡的人不愛看書，而是書店的失竊率太高，開幾個月就得關門大吉。

那段期間，城裡不能用報紙包油條；因為油條沒人偷，倒是報紙會莫名其妙的被人拿走……

「所以，都是你先生拿走的？」

他們在霧裡往前走，走上一個小土丘。狗奶奶說：「當然，牠喜歡書嘛！」

「那我的書……」

老奶奶用前腳刨出一個土坑。

「書埋在土裡？」

崔書伸長手到附近農舍抓了根鐵鍬。有了鐵鍬幫忙，崔書很快就把坑挖得很深，坑裡全是碎紙。

「書呢？」崔書問。

「書全進了牠的肚子，你忘了嗎？牠有一肚子的墨水。」

「你說牠愛書，愛到把書吃進肚子？」

老奶奶笑得好開心：「我老公說書的滋味好極了，每一本都有不同的味道，像童話故事有奶香……」

幸好，崔書在碎紙片裡找到半本《滷肉張飛奇遇記》。

「我先生最愛這本有滷肉味道的書，牠捨不得多吃，說要留給孩子當傳家寶。誰知道地震來的那天，一棵大樹倒下來壓住它，我們只搶回半本。」

崔書翻到十年前看的地方。身邊的霧更濃了，那半本書裡，傳來一陣劈里啪啦的聲音。

之九　只有王子的世界

霧氣瀰漫的月夜，劈里啪啦的聲音。

聲音愈來愈響。氣流帶動霧氣，一大塊黑影罩著崔書。

崔書想逃，咚的一聲，像山一樣的黑影落在他面前。

地面顫了一下，兩顆紅色的眼睛從半空中盯著他。

一陣粗啞的聲音問：「何處來的小伙子？」

「我……我……」崔書往後退了一步。

咻的一聲，從霧裡赫然鑽出來的，是一顆噴火龍的頭：「吞吞吐吐，非好人是也！」

咦，這臺詞好熟悉，好像在哪裡讀過？

「小子，汝可曾見過公主，快招來，吾須將她帶回萬巒山洞。」

萬巒山洞？崔書想起來，滷肉張飛的書上寫過牠。

「你是噴火龍，滷肉張飛用你噴出來的火，烤出獨一無二的焦糖披薩，對不對？」

噴火龍退了一步：「奇哉怪哉，此段往事，汝怎會知悉？」

崔書也退了一步：「對呀，好奇怪，我怎麼跑進書的世界？」

「此乃怪怪世界。」噴火龍說：「滷肉張飛走後，世界變成此番異像，狀態仍在演變更迭。高山無故消失，森林莫名毀壞；河流斷流，氣候異常，地震連生；驟雨直下七七四十九日，後有沙塵暴，人言末日。時至今日，亦不見公主形蹤，令吾大傷腦筋耶！」

這隻噴火龍說的話半文言半白話，崔書聽得很吃力；聽不懂還要想一想，再問牠。

噴火龍被問到不耐煩，噴出一道火焰：「逮不著公主，吾豈是天下無敵的噴火龍哉？」

崔書急忙給他建議：「找不到公主？那你去抓婢女、宮女或皇后呀！」

「此乃最為奇怪之處也。莫說公主，連宮女、皇后都消失嘍。吾處的世界似乎被人硬生生切兩半，此半僅存火龍爸爸、國王和王子。吾查過日曆，連日曆也只殘餘父親節、爺爺節和男護士紀念日，怪哉怪哉。」

「對了，你去抓王子嘛。王子武藝高強，如果你能夠打敗他，你也算很厲害了。」

「汝說得有理。」噴火龍呵呵大笑。「帶汝見識見識噴火龍奮戰王子！」

既然來到書裡，看個熱鬧也無妨。崔書跳上噴火龍的背，噴火龍翅膀一拍，啪的一聲，騰空飛起。

他們鑽出霧氣瀰漫的地面，火龍仍持續往上，直到突破雲層。一輪明月懸在他們右上方，散發銀色光芒。腳下的雲像是海浪，翻騰起伏，卻又安靜無聲。

飛了一陣子，噴火龍要崔書看看左邊。那裡的雲特別黃，特別濃，那片黃彷彿有股吸力，噴火龍在空中要不斷的偏右才能避開它。黃雲的吸力很強，強到最邊緣的一座高山就在他們面前無聲的崩塌、毀壞、消失，四周成了無邊無際的黑夜。

「這是消失的世界？」崔書開口問時，噴火龍已經飛近一座黑色的城堡。

「試看吾今日擒得王子歸！」噴火龍說得興高采烈。「緊抓，吾去也！」

噴火龍翅膀一縮，朝最高的尖塔俯衝而下。城堡裡的守衛發現牠，吹起號角示警。

嗚——嗚——嗚——

城堡裡亂成一團，無數的房間亮起黃色燈光，士兵亂跑將軍亂叫；許多衛兵拉著弓，射出箭，滿天的箭雨紛紛朝他們而來。

「小子，好玩的來了，吾攜王子回家玩耍。」噴火龍像砲彈似的快速旋轉，在箭雨裡穿梭，即使有箭射過來，也被他堅韌的鱗片彈開。崔書躲在噴火龍的翅膀裡，只覺得頭好暈好暈。

現在的時速有多少？一百？還是兩百？崔書在空中大吼大叫，噴火龍卻繞著高塔盤旋了一圈又一圈，不斷的急衝俯煞。崔書再也抓不住了，從龍背上跌了下來。

這一跌，崔書頭腦登時清醒，他把手伸出去想抓住火龍，可是火龍還在繞圈圈。危急中他抓到一支箭，箭往前飛，他也跟著飛了出去。

之十　皇家馬上圖書館

那是將軍射的箭。將軍有神力，一箭射出去，千山萬里追；即使馱著人，還是飛得好快。咻咻咻，疾風颳得崔書眼淚直流。幸好，箭飛久了，總會累，累了就會落下來。崔書在霧裡發現一條河，手一鬆，穩穩的掉進河裡。

剛才還在漆黑如墨的夜裡，他抬起頭，已是烈日當空。河邊有陣叮叮噹噹的聲響，一列怪怪的隊伍朝他走過來。

猴子騎著山豬，和尚牽駱駝，駱駝背上有書箱；幾個書箱疊得高高的，危險得像是隨時會倒下來。

和尚敲鑼：「皇家馬上圖書館來了，想借就借，想還就還，服務到家，絕不馬虎。」

皇家馬上圖書館？難道是一種行動圖書車？

看崔書東張西望的模樣，和尚不耐煩的說：「借吧！」

「有《滷肉張飛奇遇記》嗎？」

「有。」

「我要借！」

「我還沒說完。」和尚瞪著他。「有——才怪。」

「那意思就是沒有了？」

「不知道！」和尚說。但是，站在一旁的山豬點頭說有，而山豬頭上的猴子卻咧嘴笑著說沒有。

崔書忍不住問：「到底有沒有？」

「有。」山豬說。

「沒有。」猴子說。

「你自己動手找呀！」和尚睜著怪眼。

既然這麼說，崔書也就不客氣的把書箱搬下來。

他興沖沖的打開書箱、拿出書——

咦？那是一本沒有字的書。

再翻開一本，也沒有字。

他把箱子裡的書全翻過一遍，每一本書的書頁都很潔白，沒有半個字。

「這種書借給誰看呀？」

和尚盯著他：「你懂了嗎？」

崔書搖頭。

和尚像在說什麼祕密似的，把聲音壓低：「書裡的故事都跑了。」

「故事跑了？那是什麼時候發生的事？」

「反正很久了。」

「既然書裡沒故事，那你們又何必來？」

「這是我們的責任呀，即使沒人借書，責任就是責任；有人需要書，我們就得把書送到讀者手上。」和尚說完，猴子拍手，山豬亂跑，駱駝也四腳朝天，躺在地上亂抖，好像和尚說了一個多好笑的故事。

這話，崔書好像在哪聽過，什麼責任呀，什麼需要的。

他眼尖，看見駱駝腹部綁了個小箱子，箱外掛著特大號的鎖。

「小箱子裡也有書？」他問。

笑聲猛然停住。駱駝急忙爬起來，四隻腳緊緊護著肚子。

「沒有。」和尚說。

「既然沒有，可以打開來看看嗎？」崔書靠近和尚。

「真的沒什麼，只有幾張紙。」和尚說。

「請、打、開！」崔書一時心靈福至。「你們是皇家馬上圖書館，你們有責任，對不對？只要讀者有需要，你們就得服務到家，對不對？」

他每問一句，就向前一步。

他每向前一步，和尚和駱駝就向後退一步。

「我是讀者，我要借箱子裡的書。」

「不行。」和尚這麼說，手卻不由自主的掏鑰匙，開箱子。駱駝自動把四隻腳撐開。

「不要看。」和尚嘴裡這麼喊，箱子已經送到崔書面前。

只要有人想看，和尚就得把箱子打開，這是他的責任。崔書猜對了。

不過，箱子裡只有半張薄薄的紙片，紙上寫滿了字。

滷肉張飛在洪流裡漂，一漂，就這麼漂到了老渡口，遇到送書人。送書人找不到經書，他們的經書……

「滷肉張飛奇遇記。」崔書把紙揚得高高的。「哈哈，原來這個世界還有故事在。」

他得意的看著和尚，和尚卻驚慌的指著那張紙。

有什麼不對勁嗎？

一股強風吹來，什麼細細濛濛的東西飄上了天，崔書得瞇著眼才能看清楚——那些都是字。

崔書低頭仔細看，紙上的字變軟了，變輕了，脫離了紙，一筆一劃、一字一句全都飄上了天。

十一　空白的故事

「最後這張故事也消失了？」和尚憂心忡忡，「從今往後，這是個沒有故事的世界；故事消失，慘絕人寰啊……」

山豬低頭，猴子流淚，駱駝嘶鳴。

咿——咿——

嗚——咿——

咿——咿——

風裡有一陣又一陣黃黃的霧氣。霧氣很濃，霧裡有聲音，有影像；聲音很輕很吵雜，影像很淡很複雜，聽是聽不清楚，問也問不明白。

輕風一過，四周寂靜到只剩山豬的呼吸聲。

彷彿這陣風，把那些聲音、影像還有故事，統統帶走了。

這就是消失的世界？噴火龍說的就是這個嗎？

崔書想走，可是黃色霧氣包圍一切：腳下的黃砂，頂上的黃天，把大地完全籠罩。

他叫和尚來看，和尚沒回答，連駱駝的聲音也不見了。

風停砂定，四周空空蕩蕩，就像站在一個沒有布景、沒有道具的舞臺上。

「和尚、和尚，你們上哪兒去了？」崔書問。

安安靜靜的世界，沒人回答他。

「怎麼辦？怎麼辦？」崔書手在抖，心狂跳。他告訴自己別害怕，閉上眼睛，深深吸了一口氣：

「安心、安心，從一數到十，一二三四五六七八九十。」

這個方法每次都有效。只要一慌，崔書就會強迫自己冷靜下來。別慌別慌，再大的難題都能找到辦法。

第一步，先認清環境。雖然熟悉的世界不見了，但是他也沒消失啊；既然沒消失，表示他不是故事裡的人。

他坐下來。黃色的砂地，軟軟的，香香的，聞起來像本散發書香的書。

第二步，他慢慢回想，希望找出事情的原因。

本來的任務是要去找那本叫做……有點糟，崔書對那本書的記憶好像也被風吹走了。

什麼書呀？

不管了，反正他就是要去找一本書回來。

第三，認清問題。

崔書站起來，隨意走走；不管走到哪裡，都是一片淡黃霧氣。

現在最大的難題就是——他一定是跑進故事世界的另一邊，也就是不見了的那一邊。

第四，該怎麼做？

去找作者，請他重說故事？

「可是這裡沒有作者呀。」崔書立刻推翻自己的想法。

腳邊突然出現一陣沙沙沙的聲音，地面凸了起來，是什麼要冒出來了？

他連忙往後退。凸起來的地方鑽出一個人來。

尖頭黃臉，嘴邊兩撇細長的鬍子動呀動。這人好像很餓，他的肚子又大又圓，他還不停的把蛋糕往嘴裡送。仔細一看，他吃的是土，從地上挖的土，鬆鬆軟軟就像蛋糕一樣。

崔書看傻了：「你……你到底是誰啊？」

那人打了個飽嗝：「嗯，還可以啦！」

那人的回答牛頭不對馬嘴，崔書只好再問：「這裡怎麼了？」

那人搖頭晃腦：「模造紙兩顆星，道林紙三顆星。」說完，這才正眼看他。「你說呢？」

「我？什麼模造和道林？」

「哎呀，你的品味是什麼？雪銅紙？銅版紙？看你細皮嫩肉的，我猜你喜歡聖經紙——那是極品，質輕易脆好消化，可惜數量太稀有。我上回吃時……」

他說得玄，崔書聽得糊塗：「什麼稀有什麼紙？我是想問你，這裡的故事跑走了，你知道它們去哪兒了嗎？」

「故事？沒空沒空，我還要替杜老爺找他最愛的——」那人突然停住，神情正經八百。「你說故事？你知道故事？」

他拉著崔書：「走走走，找杜老爺去，他知道了一定很高興。」

崔書甩開他的手：「我沒空，我得去找書。」

「找書，書肚國裡的書最多啦。咱們說『寧可居無字，不可食無書』，就是這道理！」他掰了一塊黃泥塊給崔書。「喏，書在這裡，咱們邊走邊吃吧！」

崔書遲疑的望著泥塊：「這是書？」

「如果是假的，你的頭剁下來給我！」

「上頭沒字呀！」

「從我爺爺的爺爺往上數一百代，就沒人見過有字的書啦。」

那人拉著崔書走進他剛挖出來的地道，地道裡有股過於潮溼的霉味。

從某處轉了個彎，地道開闊了。這人終於想起來：「瞧我這記性，都忘了自我介紹：我叫杜大，帶嘴三品大夫，外加御賜良胃一顆，負責替杜老爺找美食。」

「我懂了，你是廚師。」

杜大恰好走到一扇門邊：「錯，應該說是食紙鑑賞家！書肚國故事殿到了。」

推開那扇門，裡頭的房間大得像棒球場；好多人或坐或站或躺的面對著圓弧形的牆壁，人那麼多，卻又那麼安靜。

他們彷彿全在面壁思過。

「那……誰來說故事？」崔書很好奇。

「當然是書嘍！」杜大指著圓牆。牆上貼滿碎紙片，破破爛爛的紙片上有字。

一個舌字，一個同字，一個氏字，一個戈字……

它們都曾是某一個字的某一部分，現在卻孤孤單單的黏在牆上，像在等人認領。

碎紙片前的人們搔頭晃腦，沉思發呆，偶爾發出一點聲音：「那是嶇祥……試虛……注醫……」

崔書完全聽不懂是什麼意思。

「這些說書人負責說故事。」杜大搔搔腦袋。「只是好久以來，他們說的故事都殘缺不全，難聽得要命，簡直就像過期發霉的書報紙，沾嘴都嫌髒哪。」

「難道沒有好聽的故事？」

事
朦
從
試
虛
經
旅
注
醫
聽
得
果
不

杜大的眼睛瞇成一條線：「也不是沒有。很久很久以前，書肚國曾經接待過一個奇怪的人，他的頭髮全白，身材特別高。他說他旅行了一輩子，中間遇過老虎和噴火龍，也曾經當過國王和乞丐。他花了三十天說完一生的故事，三十天後，才有人想起他是誰。」

「他是誰？」

「他是我們書肚國的人，生下來就不愛吃沒字的書，嫌它的味道太淡。會走路之後就出外旅行，說要找到一本有滋有味有字有故事的書來吃。大家都笑他說夢話，沒想到，他真的成功了。」

「他……」

「他的衣服底下有張模造紙，模造紙上就有篇好聽的故事。」

「那張紙在哪裡？」

杜大伸手一比，故事殿後頭，有間閃著金光的城堡。

十二　一張紙的故事

書肚國的金光城堡裡，有一張故事紙。它被人用聖經紙慎重的裱起來，四周再鑲上高雅的雪銅紙，雪銅紙上灑著金粉。

紙不是重點，重點是紙上的字。

那裡有篇故事，是書肚國殘存的最後一篇故事，有人花了數十年才帶回來的故事。

崔書很想看看這故事，但是杜老爺不答應。

杜老爺長得比杜大還要高大，肚子可以裝下一間屋子。這麼高大的人，坐的桌椅也特別大。他看見崔書和杜大進來了，輕撚著小鬍子：「先說一個故事來聽吧！」

崔書想了想。他腦裡當然有幾則故事可以講，像是三隻小豬。

杜老爺搖搖頭：「英國的，我聽過了。」

「有個名叫葉限的小女孩，她的父親……」

杜老爺伸手制止他：「灰姑娘的中國版，一千五百年前長安的故事，算是頭個灰姑娘誕生的故事。」

「虎姑婆，她住在森林……」

「東方太平洋上小島土著的故事。」杜老爺有點不耐煩：「你只會說這種陳年舊哏老骨董，怎麼能交換我背後的故事？」

杜大鼓勵崔書：「你可以的，咱們書肚國的人總是說『人人身上都有好故事，除了書肚國的人之外。』放心的說吧！」

「我啊……」崔書看過不少故事書，可是要他說一個杜老爺沒聽過的故事？

杜老爺笑著：「別想說什麼假故事矇我。想當年，我為了求個好故事，還曾經鑽進一間圖書館去看書，從零字號的書逛到九字號的書，足足逛了一年。」

崔書突然想到：「你就是帶故事紙回來的人？」

杜大給他一個讚賞的眼神。

崔書猜對了，也開始傷腦筋。杜老爺曾把一個圖書館的書看完，也曾經旅行幾十年就為了求個故事，還有什麼故事能吸引他？

一定要很特別、很稀有的故事。但是他只是一個十歲、頭被地震壓扁扁的小鬼；如果不是為了一本書，當了值日追書生，他連山城都沒出去過，哪知道什麼故事……

他突然想起那本書：「滷肉張飛奇遇記，你聽過嗎？」

這回絕對可以考倒杜老爺，他很有把握！

杜老爺把手放下，凝神想了一會兒：「稀有、稀有，不過難不倒我呀。是不是封面用墨汁勾出一個碗的那本書？」

崔書往後退一步，又退了一步：「連我追了這麼多年的書，你都知道？」

「追書？你在追這本書？」

崔書點點頭。他把擔任值日追書生的事揀重要的說。

故事從他逾期欠書開始，杜老爺聽得好認真，蠟黃般的臉好像透明多了。

「真的嗎？然後呢？然後呢？」杜老爺急切的樣子，像個孩子。

崔書忍不住想起好久以前，他還是個很小很小的孩子時，最愛去老圖書館聽人說故事。

他總是坐在打開的落地窗前，耳邊是樟樹上不停的蟬唱，他依偎在媽媽身邊。媽媽身邊有股香味，淡淡的，讓他忘不了；一想起來，心揪了起來。

好痛。

「怎麼停了？該不會……」杜老爺意味深長的望了他一眼。

「沒事。」擔任值日追書生的工作，讓他學會轉換情緒。

他說了一隻狗的故事，然後追到一隻貓咪，那又是另一個故

事；每一個轉折，杜老爺就會配合的發出一陣來自內心的喜悅或讚嘆，像個懂得品嚐美味的老饕。

崔書說到驚險處，忍不住抬頭看了一眼。

奇怪，是他眼花還是怎麼了？杜老爺好像變小了，杜大的肚子也沒那麼大了。

等他說到在老鼠國的菜市場搶書那段時，他已經比杜老爺還要高；說著說著，連書肚國的城堡也變小，崔書的眼睛已經跟城堡的窗戶同高了。

怎麼回事？

當他把皇家馬上圖書館的事說完，書肚國的一切也像泡泡般消失無蹤。

黃色的土地，黃色的霧氣，半空中，有張紙緩緩飄落在他的手上，紙上印著一行一行的字。

是杜老爺貼在牆上的故事紙。

……肉張飛來到神奇的佛陀里斯國。這裡的肉丸子很硬，他用大門牙用力一咬，肉丸子被咬成兩半，大門牙也因此磕斷。半顆肉丸子裡響起一陣歡呼聲。

「謝謝你救了我們，來自肉丸子外世界的英雄。」

滷肉張飛拿起放大鏡才看清，半顆丸子裡居然有個小小的城鎮，小小屋子裡的人都在歡呼。歡慶肉丸子內世界重獲光明的遊行活動已經開始報名，肉丸子管弦樂團與肉丸子合唱團的大嬸們，正搶著要當第一個報名的隊伍；鎮長吹哨子要大家排好隊。仔細一看，那個鎮長的臉上長著兩撇小小的鬍子，肚子好大……

故事還看不到一半，字卻開始飛了起來。「滷肉張飛懷疑那鎮長是來自書」這行字先浮起來；後頭的字飄過崔書的眼睛，越過他的頭頂，朝著上空那陣黃色濃霧飛去。

這一去，其他的字也像等不及似的，一個個飛上天，變成那片化不開的濃霧。

「原來杜老爺拿到的，也是《滷肉張飛奇遇記》！」

崔書瞪著那片濃霧，卻又無計可施。霧氣愈來愈濃，看起來好像快下雨了。這種霧會下什麼雨？難道那些升上去的文字會再落回地面？

「如果下一場文字雨，那鐵定好玩。」

崔書說完，自己都先搖頭了。不可能嘛！

濃重厚稠的霧卻真的下起雨。

雨就是雨，透明的、涼涼的叫做雨。

但是，這會兒真有一個「涼」字落在崔書的鼻子上。他把字輕輕拿起來，感覺冰冰涼涼的。

那個「涼」字在他手上輕展身手，轉了一圈，這才消失不見；但是原來乾熱悶溼的空氣卻多了點涼意，舒服多了。

「多來點涼意吧！」崔書大叫。

說涼就涼，這時落下來的雨，全是跟「涼」有關的字：冰、冷、清、凍、寒、冬、雪、霽、霜……

崔書忍不住打了個哆嗦，又打了個噴嚏。

「哈啾！」他抬頭，對著天空喊：「好了好了，別再冷下去了。下點暖和的字，行嗎？」幾十個帶火的字落在崔書手裡：炎、焱、燈、爆……這些字暖暖的，小小的。有的跟他鞠躬行禮，像個小乖乖；有的拳打腳踢，忙得不得了。崔書伸出手，「燈」字嚇一跳，急忙跳開，那副高度警戒的樣子，讓他忍不住笑了起來。

「那……請來點雨吧！」

崔書兩手一伸，做了個「請」的動作，眼前真的出現一場文字雨，有大有小，有黑有灰。

有了文字雨，能不能把字編成故事……？

「這些字遇到……遇到龍捲風，就被捲上天。」

崔書說完，心裡可沒把握，但是，不可思議的事發生了。一道又細又長的風突然出現，猶如墨色巨龍盤旋，瞬間吸光四周來不及逃命的文字，直到咻的一聲，消失無蹤。

「真好真好，說什麼就有什麼。」崔書跳了起來。「沒有故事就自己編，對不對？」

黃色的世界裡，當然不會有人回答他。原來緊張的心情，現在放鬆多了。

焰
烽
炸
危
爆
火
烤
烘
焚

編故事對崔書來說不難，畢竟他擔任值日追書生十年，讀過不少故事。

空白的舞臺要先有布景，那麼，空白的故事當然要先設定場景。

讓崔書最難忘的，是他住的那座小城——

地震還沒來的城市——他能把那座小城叫出來嗎？

十三 小城故事

那是九月的秋天，那年的中秋節還沒來。秋天的風，徐徐的，涼涼的，半夜還要蓋條薄被。秋天的陽光，晒在身上的陽光，暖暖的，讓人心安。好舒服、好快樂的感覺。崔書閉上眼睛。沒錯，風中帶有微微的桂花香，很熟悉、很久沒聞到的味道，會讓人忍不住去想一個安心的地方。但是，崔書心裡有警覺，他立刻把那裡封鎖起來。

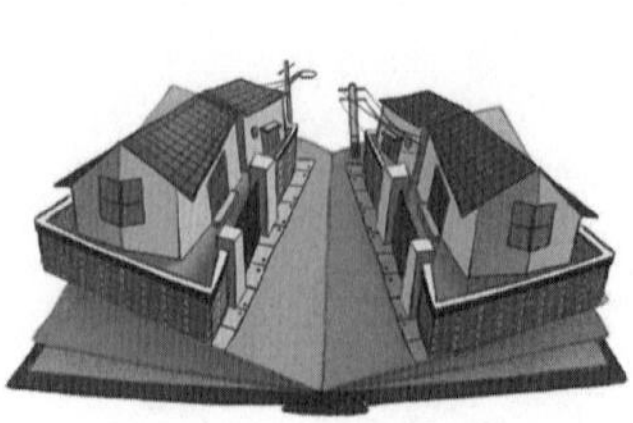

他悄悄的把眼睛打開一條縫。在他四周，呈現一種褪色照片的色調，一切卻又那麼真實，隨著他的想法，一一成形。他只要負責把小城「想回來」——在這個黃霧漸漸消退的世界，他腦裡的小城……

他剛想到巷道，長長的巷道出現了；想到房子，巷道兩邊，立刻有了成排紅牆黑瓦的老房子。

遠遠的青山包圍這座城市，山頂陽光閃耀，天空白雲飄飄，吹來的和風像在唱著溫柔的歌。

想像的力量，竟然如此強大，腦裡剛有個念頭，它們就會自己蔓延開來。

崔書剛想起那片樟樹林，濃霧就迅速退去，露出蒼翠的樹林；蟲鳴鳥唱，彷彿它們早就生長在那裡，等著他走進去。

再來要有什麼呢？崔書不由自主的跑了起來。「喔！原來，我是這書裡的主角。」他跑得很急、很急。對了，主角要做什麼？崔書很自然的想起了「書」——主角要去追一本書。

書就因此出現在他斜背的書包裡。他停下來，「咦？什麼時候身上多了個書包？」

這不是夢，夢不會這麼清楚。他真的回到十年前的小城。十年前，房子不高，路也很小，那條高速公路也還沒建造。

「主角應該要做點什麼吧，不然，故事怎麼進行下去？」

這麼一想，崔書又繼續跑。

跑啊，跑啊，他在一個未來已經不存在，或未來即將改變的城裡跑著。

十年前，小城就已經很熱鬧了。圓環邊，有家「西施肉圓」；老闆娘號稱三十年前是美女，店門口永遠大排長龍。

過了圓環是綜合球場、游泳池；加油站的大嬸在挖鼻孔；穿過擁擠的菜市場，老伯伯喝著杏仁茶，一邊張大口吃油條。

他跑得正快，心突然揪了一下。

痛！

好痛！

「這裡是……」

想要當做不知道，可是怎麼忘得掉？即使費力封鎖，它還是會自己打開。

那條巷子，很熟悉。巷子口的玉蘭花，散發濃郁花香。第一戶，是賣肉圓的奶奶；巷子裡最後一戶人家，兩層的白色小樓房，外頭是矮矮的圍牆，暗紅色的大門，門口貼著一張被雨打到有點褪色的「大家恭喜」。

進了大門，左邊的蘭花架上是虎頭蘭；右邊停著摩托車和腳踏車——爸爸的摩托車，「我」的腳踏車。

「我家！」

他真的把自己的家搬進書裡了。

這是一本怎樣的書呀？怎麼想著想著，變成在講自己的故事？

拉開大門，崔書再也忍不住，喊了一聲：「媽！」

沒人回答。

牆上日曆還是九月二十日。

廚房裡有聲音，是媽媽？

他的心怦怦怦的，跳得好響；伸出手時，手在抖。他忍著不讓開門的聲音太大；那是習慣，他喜歡悄悄溜進廚房，從背後一把抱住媽媽。

這回……

廚房裡，陽光斜洒，鍋碗瓢盆都映著白花花的日光。咕嚕咕嚕，瓦斯爐上一鍋咖哩牛肉，那是媽媽最拿手的好菜。

一隻小黃貓從流理臺上跳下去。

那隻小貓，好眼熟，是妹妹的小咪。

如果發出聲音的是貓，那媽媽呢？

十年不見，媽媽好嗎？爸爸呢？妹妹呢？

爸媽的房間裡沒有人，倒是有媽媽身上那股輕淡的香水味。二樓是他和妹妹的房間。他看見自己的書桌上還擺著剛寫完的功課。媽媽在聯絡簿上簽的名，字跡清清秀秀：「紀淑芬」。

這三個字登時打開他全部的記憶：十年前地震來的那天，震垮了他的家。

他的家人飛上天堂，他卻被老館長留下來當值日追書生，要他把書都找回來。

因為差了一本書，他還不能回家，如果他可以找回那本書……

「在大丹狗爺爺那裡！」崔書記得貴賓狗奶奶說過，地震搖倒一棵樟樹，恰好壓到書。牠們想把書拖出來，結果書被扯成兩半。

而現在，他在空白的書裡把十年前的小城帶回來。趁地震還沒來，他還有一次機會：只要搶回那本《滷肉張飛奇遇記》，他就能跟爸爸、媽媽團圓了吧？

十四　搶書大作戰

書裡的世界，時間和空間的轉換很奇妙。

前一秒鐘還是白天，還在家裡；一眨眼，已是深夜。崔書站在老圖書館前。

那種感覺就像在看圖畫書，翻過一頁，一切改變。

黑暗中，老館裡的自鳴鐘響了。

噹！

聲音沙啞，拖拖拉拉。那麼現在是午夜一點了？他記得，地震是一點二十三分發生，那麼，只剩下二十三分鐘了嗎？

他得趕快行動。

圖書館前的樟樹不少，哪一棵會被地震搖倒，壓住書？

月亮出來了，月光下，十八隻青蛙在搬家。

最老的青蛙脾氣大：「呱呱，別擋路，我們忙。」

崔書退到一邊。

青蛙蹦蹦跳跳，跳過他的眼前。一隻迷你小青蛙說：「這裡不安全，跟我們一起走吧。」

崔書謝謝他，說他還得去找樹，接著揮手說再見。

他認不出哪棵樹會被震倒，倒是認出那隻狗——大丹狗的爺爺。

十年前的現在，牠還沒當爺爺，趾高氣昂，嘴裡叼著他的書。

崔書忍不住喊：「把書還我。」

那隻大丹狗不肯，轉身跑出樹林。崔書立刻追上去。只要大丹狗不留在樟樹林，書就不會被樹壓住。

崔書追到了酒廠，酒廠大鐘指著一點十分。

大丹狗跑得很快，一溜煙跑進媽祖廟前的廣場。

廣場上躺著一個滿臉鬍鬚的流浪漢。廣場前的電子時鐘顯示著：一點十三分。

只剩十分鐘。崔書的心跳得怦怦響，狗趁機鑽進路旁的巷子。

巷子？崔書慢下來。巷子口的玉蘭花花香濃郁，這是他家那條巷子嘛！

崔書笑著說：「你別跑了，這條是死巷。你把書還我，地震快來了！」

汪汪汪，大丹狗朝他狂吠；書掉了，牠還是張牙舞爪。

「別吵，大家都在睡覺。」崔書安撫牠。

汪汪汪，大丹狗卻不肯退讓，彷彿掉落的是多好吃的排骨。

巷子裡一戶人家的燈亮了，又一戶人家的燈亮了。

「吵死了！」一個睡眼惺忪的男人拉開大門喊著。

崔書認得他，是在酒廠工作的金玉叔叔。

金玉叔叔正在罵狗：「我明天還要上班，你去別的地方叫。」

大丹狗又蹦又跳又叫又吼。

汪汪汪，汪汪汪。整條巷子人家的燈都亮了。男人們紛紛拿出掃把想趕狗。大丹狗在人群裡亂竄，好不容易瞄到一個缺口，奮力鑽出人群。

混亂中，崔書撿起書來拍一拍；才拍兩下，他的手停了下來。

心毫無警戒的，又被刺痛了一下。

是巷底那戶人家。

大門敞開，黃光瀉滿一地；燈光下，溫柔的媽媽摟著妹妹，爸爸就站在他們身後，看著母女兩人。

「媽——媽媽。」

崔書的聲音讓媽媽的身體震了一下。她轉過頭，看到了崔書，就那一眼，媽媽笑了；但她的笑很快變成了驚恐，沒錯，一陣天搖地動，崔書被晃得站不住腳，整個人跌坐到地上。

地震！

真的是地震！

四周景物跳動，天地頓時變黑——停電了。

尖叫的聲音、玻璃碎裂的聲音不斷傳來。

然後是一陣又一陣砰砰砰的巨大聲響。

那一定是房子！

搖搖搖，晃晃晃。崔書想爬去找媽媽，可是搖晃讓他行動困難。他幾次站起來，又立刻跌下去；想扶著圍牆，圍牆像軟掉的蛋糕，往一旁倒去。

搖搖搖，晃晃晃。

感覺像是永遠搖不完的地震，夾雜如地鐵開過般，隆隆隆，隆隆隆的聲音。

時間彷彿有一世紀那麼久，地震終於過去了。

有人在哭；有人在叫喊。又一聲砰，嚇得一個小女孩尖叫。

停頓片刻後，崔書突然很清楚的聽到有人在問：

「有沒有人看到我們家的崔書？」

是媽媽。

「我在這裡。」崔書大叫。

媽媽拉著妹妹，妹妹手裡有隻小黃貓。

「崔書、崔書，你在哪裡？有人看到我們家的崔書嗎？」媽媽還在找他。

「哥、哥，你在哪裡呀？」妹妹的聲音跟記憶中十年前的妹妹一樣甜美。

崔書拚命的揮手，扯著喉嚨喊，拉著媽媽的衣角。

媽媽的頭髮亂了，衣服髒了；妹妹跟在她後頭，一字一句喊著：「哥哥、哥哥，你在哪裡呀？」

「我……我在這裡。媽——媽媽，我在這裡……」他喊得喉嚨好乾好乾。

媽媽吃力的抬起一輛機車。崔書就站在媽媽面前，淚水在他透明的身子裡流啊流。

「她們看不見我？」

崔書抱著《滷肉張飛奇遇記》，望著巷子裡的殘磚破瓦，無力的看著那片慌亂。

十五　預約了十年的書

親眼看著自己的家被震倒，親眼望著爸媽傷心難過的情景，真的很可怕。

幸好一切就像一本書，只要輕輕一翻，就來到下一頁。

下一頁，老館長把書放回書架，回頭看著崔書。

慌亂可以瞬間翻過去，但情緒沒辦法那麼快。

「原來只有我，只有我被地震……」

「那是因為你把狗追進巷子，把大家都叫出來。對了，你也把書追回來了。」

「你是說，我救了爸爸、媽媽和妹妹？」崔書的心情好了一點。

「還有整條巷子的人。」老館長笑了。

「那不算是故事吧？我是說，我明明是在那本沒有字的書裡，把家創造出來的……」

館長很認真的看著他：「想像的力量，絕對超乎你的想像。」

「啊？」

「唉呀，你怎麼還不明白呢？」老館長搔搔頭。

「誰能明白啊，什麼想像，什麼力量？」

「等你到了天堂圖書館，你就知道啦。」老館長笑了，圖書館搖搖晃晃，飛了起來。

＊＊＊

那天晚上，先是一個躺在媽祖廟廣場的流浪漢恰好醒著，他以媽祖婆和千里眼發誓，他真的看見十年前被震垮的圖書館，像火箭一樣飛上天。

「圖書館又沒裝翅膀，怎麼飛上天？」他說給其他流浪漢聽時，大家都當他又喝醉了，醉人說醉話。

不過，當晚另一個被警察追累了的小偷，證實他的說法。

「那時我坐在禪寺頂樓，警察把四周圍得水洩不通；一間圖書館從地上升起，慢慢的越過禪寺，飛上了天。」

小偷的話可信度也不高，幸好包圍小偷的六十八個警察也都能作證。那時他們怕小偷從寺頂往下跳，拉開氣墊在地面準備；大家都抬著頭，同時看見圖書館升空的畫面。

一棟散發白光的圖書館，無聲飛上夜空——對了，裡頭還有兩個人坐在圖書館門前的階梯，神情愉快的朝警察們揮揮手，一副要去郊遊的模樣。

這是怎麼回事？一棟圖書館會飛到哪兒去呀？國家太空站根據所有指證，拿出二十四小時內拍的監視錄影帶也找不到。

既然找不到，很自然的就把它歸類到「史上十大無解之幽浮謎團」，然後歸檔完，繼續去觀測別的星球啦！

＊＊＊

山城裡的圖書館館長，卻有完全不同的體驗。

不必爬樹搬梯子，不必前院後院找；那個老是躲起來的大門，今天早上就乖乖的站在那裡。

捲捲髮館長一時很不習慣，對排在後頭、等了半天的小朋友說：「再等等，等我試試它是不是大門再說。」

小朋友們根本等不及。

他們嘻嘻哈哈的拉開大門，像風一樣衝進圖書館。

圖書館裡頭真的不一樣了。比迷宮刺激一百倍的書庫變得簡單易找；常常跳到戶外的視聽室，現在就在入口右邊。

「這太正常了吧？」小朋友很不滿意，找櫃檯人員抗議。

櫃檯裡，找不到比岩石還嚴肅的老館長。滿臉雀斑、笑起來眼睛彎成月亮般的志工姐姐說：「誰說的，要是你們晚上來的話……」

那一天晚上還沒來，倒是一個帥帥的年輕人在圖書館閉館前來到櫃檯。

「我接到這張單子，要我來借一本書。」

那是一張圖書預約單。

當一本熱門的書有太多人想借的時候，圖書館就會讓你預約，等到書被人還回來了，再通知你來借。

捲捲髮館長看看通知單，咦了一聲。

志工姐姐把單子搶過去看，咦了更大一聲。

單子上通知年輕人，他十年前預約的書，昨天晚上終於還回來了，請他今天到圖書館來借書。

「沒想到你們的服務這麼好，十年前預約的書，還記得通知我。我還以為……」

「昨天？我們昨天有發這張單子？」

捲捲髮館長搖搖頭，下意識往櫃檯看了一下。

在「已預約」的籃子裡，不知道是誰把一本書擺在那裡。

那本書的封面曾經破損，已用膠帶修復；封面用水墨勾勒的碗上鋪了滿滿的滷肉，正是《滷肉張飛奇遇記》。

推薦文

值日追書生：冒險與感動兼具的奇幻傑作

◎林怡辰（彰化縣原斗國小教師）

這是一個與圖書館有關、貨真價實的「鬼故事」。

王文華老師的作品總是充滿創意十足的奇幻情節，這次又加上了真實事件「九二一地震」；故事要從一個沒有還書的小鬼——「崔書」說起。崔書受到圖書館長的委託，除了要去找尋他逾期未還的書《滷肉張飛奇遇記》，還得負責找出其他人欠圖書館的書。不管上天下海，在國內還是國外，菜市場或街角垃圾桶，都得一本一本去找回來。

崔書的奇幻冒險不斷開展，遇上媽祖廟前的流浪漢、森林裡的大野狼，講話半白半文的噴火龍，還到了吃書的神奇國度……。最後卻發現身邊的文字消失殆盡，他得依靠想像力回到原來的世界，和親人再相聚。

當讀者跟著崔書進入這一段「空白故事」的情節，因為「沒有故事得自己編」、「自己的故事最特別」，開始任由想像力調出那一幕幕深藏的回憶，讓故事重新翻到那個地震發生前的美麗山城，也同時體會到崔書思念家人的心痛感覺。到底崔書能和家人團聚嗎？那失落已久的最後一本書《滷肉張飛奇遇記》找到了嗎？精采的結局，留給你自己去挖掘。

那就是在緊湊、奇幻、混搭，和流暢有趣之餘，還有好多隱藏的「彩蛋」可以停留與享受。故事的場景貼近孩子生活、主題創新有趣、情節新穎奇幻；光是地震前的老圖書館會在月夜中開張的懸疑，就吊足讀者的胃口。再者，讀者和主角崔書一起進行奇幻之旅，更能設身處地同理他的境遇——誰不想快點幫他找到那本書，幫助他和家人們團圓？

其實書的精采不只如此，在這個奇幻國度裡，我們跟著角色們發現「書」的價值，有人到處搶書；有人擔任「故事採集者」；有人一許願就會下起溫暖系的文字雨。就連故事裡的狗都對書愛不釋手，牠說：「……書的滋味好極了，每一本都有不同的味道，像童話故事有奶香……」《值日追書生》無一處不在強調書和故事的力量，以及文字的魔力；每個段落都在呼喚你打開一本自己喜歡的書，將文字讀進心裡，展開一場心靈與感官的冒險。

每年的九月二十一日，都讓人的思緒回到1999年、改變臺灣的那一天。感謝有一個本土作家，寫出大家對這塊土地的共同回憶。現在，就一起踏進崔書的世界吧！

故事密室逃脫

在月夜出現的老圖書館，舉辦了一個有趣的「故事密室逃脫」活動。玩法是擲骰子決定主角、背景和困難，然後想辦法讓主角順利脫困。請你準備一個骰子，和家人或同學一起編故事，看誰能逃脫故事密室！

主角

1. 灰姑娘
2. 醜小鴨
3. 《三隻小豬》——豬大哥
4. 《大野狼和七隻小羊》——大野狼
5. 小紅帽
6. 《值日追書生》——崔書

背景

1. 父母雙亡的孤兒
2. 被人陷害而在監獄坐牢
3. 遭受詛咒被變成一顆蘋果
4. 被敵人追殺
5. 到處流浪
6. 含著金湯匙出生，受盡家人呵護

困難

1. 要拯救被魔法陷害的王子
2. 要出發找一本書
3. 幫助一隻被冤枉的大野狼
4. 拯救世界
5. 要替家人復仇
6. 重新找到自己的優點

舉例：如果抽到主角1、背景2和困難3，就要利用這三個元素編出一個合理的故事：

從前從前，有一個灰姑娘，她因為被陷害打破了玻璃鞋，所以被王子關在監獄裡。有一天，她聽見隔壁牢房有哭聲——啊不是，是嚎叫聲。原來是一隻大野狼，他因為長得很像故事裡的大野狼，所以被冤枉吃了小紅帽、三隻小豬和七隻小羊。灰姑娘一聽非常生氣，同樣身為被人冤枉的受害者，怎能不幫忙出一口氣呢！

灰姑娘決定幫助大野狼。她利用打掃的專長，把牢房清理乾淨而被獎勵提早出獄。出獄後，她開設「灰姑娘清潔公司」，馬上大受好評。最棒的是灰姑娘利用打掃不同住家的機會，找到髒亂的大大野狼——他才是吃掉小紅帽、三隻小豬和七隻小羊的真正凶手。灰姑娘也發現是大大野狼在逃避追殺時，打破灰姑娘的玻璃鞋。一切真相大白，大野狼也開心的出獄。

重回野狼界的大野狼也開始協助同伴們，重整他們髒兮兮的形象，他成為「愛乾淨大野狼」的形象代言人。而灰姑娘的清潔公司從此生意興隆，連灰姑娘的後母都使用清潔公司的產品，打掃工作變得輕鬆多了呢！

接下來，就換你來編故事，試著逃脫故事密室嘍！

值日追書生

作　　者｜王文華
插　　圖｜張睿洋

特約編輯｜許嘉諾
責任編輯｜楊琇珊
封面設計｜游珮怡
電腦排版｜中原造像股份有限公司
行銷企劃｜陳雅婷

發 行 人｜殷允芃
創辦人兼執行長｜何琦瑜
副總經理｜林彥傑
總監｜林欣靜
版權專員｜何晨瑋、黃微真

出版者｜親子天下股份有限公司
地址｜台北市104建國北路一段96號4樓
電話｜（02）2509-2800　傳真｜（02）2509-2462
網址｜www.parenting.com.tw
讀者服務專線｜（02）2662-0332　週一～週五：09:00~17:30
讀者服務傳真｜（02）2662-6048
客服信箱｜bill@cw.com.tw
法律顧問｜台英國際商務法律事務所．羅明通律師
製版印刷｜中原造像股份有限公司
總經銷｜大和圖書有限公司　電話：（02）8990-2588

出版日期｜2011年06月第一版第一次印行
　　　　　2021年06月第二版第三次印行
定　　價｜280元
書　　號｜BKKCJ061P
ISBN｜978-957-503-503-7（平裝）

訂購服務
親子天下Shopping｜shopping.parenting.com.tw
海外．大量訂購｜parenting@cw.com.tw
書香花園｜台北市建國北路二段6巷11號　電話（02）2506-1635
劃撥帳號｜50331356　親子天下股份有限公司

立即購買＞

國家圖書館出版品預行編目資料

值日追書生／王文華 文；張睿洋 圖. -- 再版. --
臺北市：親子天下，2019.10
160面；17X21公分. --（樂讀456系列；61）
ISBN 978-957-503-503-7（平裝）

863.59　　10815743